現代短歌ホメロス叢書 PARTⅠ ―― 8

竹村公作

Takemura Kosaku

歌集

制御不能となりてゆきおり

飯塚書店

目次

装幀　㈱ポイントライン

制御不能となりてゆきおり

竹村公作　歌集

Ⅰ　楽しも家族

パトカーのサイレン村を駆け抜けて静けさのますクリスマスイブ

山の上に怪獣がヌッと現れるそんな気のする初春の空

正月の挨拶交わす軒の下何がめでたい山茶花の赤

原乳のタンクローリー峠《たわ》こえる過ぎゆくあとに霧よせながら

村山を貫きてできたるトンネルを座敷童子が行ったり来たり

帰りたるわれに娘ら走り寄り妻と母とは距離おきて立つ

母が前妻が横にて飯を食ううるさき蠅は箸で追いつつ

夢におびえわれに抱きつく幼児の口の中より鰯が匂う

母ひとりテレビの前に正座して笑える声の今宵さびしく

今宵またテレビをつけて眠る母窓のガラスが虹の色なす

この店にわれが恋せしマネキンあり少年の日のツゴイネルワイゼン

女さらう野盗のごとしマネキンを担いだ男韋駄天走り

足の長い少女が一人背を曲げて逆光の中駆け抜けてゆく

われの娘《こ》が大きくなればなりそうなかわいい少女とすれちがいたり

三日目の禁煙中に飲むコーヒー自動ピアノのエリック・サティ

畦道にコーク自販機置かれいて草刈る女凭れてやすむ

男の子持たぬわが家も鯉幟あげてみんかと妻にいいたり

子らの寝るかたわら爪を切りながら夜爪叱りし父想いおり

事故跡の道路に描きし人型はナメクジ溶けし跡のごとくに

クレーンが空に向かって昇りゆくわれの欠伸をひっかけたまま

さそわれてもゲートボールに加わらぬ叔父は一人で畦の草刈る

仮装行列の頭《かしら》の一つころがりて笑った顔は笑いたるまま

立ち坐り風船人形のしゃがむとき溜息をつくごとき音出す

久々にはらから集う盆の夜気づけば妻がそこにいなくて

鉢の中の出目金ひとつが聴いている夏の終わりの幼の会話

眠りいる三人の娘《こ》のどの娘にも窓より涼しき風の吹きおり

突然に隣の犬が吠えはじめ人間以外の秋を思えり

髪型を変えたる妻に気付きたり背筋のばして歩いていたり

わが夫婦三つ儲けし鎹《かすがい》の三つが三つ妻に寄りそう

我家にも国旗があるかと妻に問う建国記念日の昼さがり

三人の幼と妻は眠れるを今宵のわれは酔って候

囚人の服のようなパジャマ着て今日もこそこそ布団に入る

良い社員　良いお父さん　良い夫そのうちいつか良い仏様

左折禁止右折禁止の道走る横には妻が後ろに母が

ストーブを消してきたかとわれは問う妻と母とのどちらにとなく

妻にかくれ孫に菓子やる母のそば知らぬふりして新聞を読む

玄関を改造せよと言う母に客など来ぬと答えていたり

うまそうに母はコーヒー啜りおり砂糖とミルクたっぷり入れて

母とわれ二人のみ知る悲歌として母は時折父を語れり

泣いているような声してわが母は屈まり足に灸すえている

畦道に一人佇みいる老婆近寄りて知る母であること

能登半島小春日和にバスで行く時折目覚めて海をながめる

「ほしければ買って行きな！」というように花を並べて老婆がすわる

さっきまで尻尾があったむず痒さ三泊四日の旅を終わりぬ

かがまりて足の爪切るわれの背に止まりいる蠅の足のてんてん

日曜の職場に一人仕事する裏声でうた口ずさみつつ

商談を始める前の気の弱さ出された麦茶グッと飲み干す

靴下の中に在るゴミ気にしおり会議は今日も長くなりたり

帰宅して紺の靴下ぬぎおれば今日一日の我執が臭う

欲望を背負いかねているような短い影を足元に見る

土中よりヌッと出て来た首のごと甕が逆さに置かれていたり

照明に照らされている看板に女が嗤う闇に向かって

坂の上の電話ボックス明々と話す女の全身が見え

インターホンに顔突き出して話しおり春一番が吹き抜ける中

ナイターのテニスコートは明々とニュースで見たる戦場に似る

飛沫《しぶき》あげダンプ一台走りゆく固まりかけた夜に向かって

峠こえ車のライトが降りて来る聖者が山を下るごとくに

いつの事か父と母とがぼそぼそと話しいしごと妻と話せり

食卓に少し小振りの松茸を転ばしながら楽しも家族

出張の二日目の夜に電話する　何か用かと娘《こ》はわれに問う

中外製薬に甥の就職決まりたり母の薬は中外製薬

明日の朝ゆっくり起きて焼きたてのパンにバターをぬって食べたき

丸顔のわが娘《こ》三人を見ておりぬ一人は面長があればと思う

しゃがみたる便所の壁に落書きを書きたるは誰われは見る人

デジタルの時計の数字見つめおり一秒ごとに途切れるこの世

Ⅱ　鉄を切る音

抱えもつガラスに夕焼け映しつつ男階段を上りゆくなり

竿のシャツ風にはためきあばれおり窓より白き手が出て摑む

塀の上賢そうなる猫がいて幼ら遊ぶを見おろしている

忌をふれる紙を男が貼りてゆく久方ぶりに雨が降る午後

「死亡届」出して葬儀の準備して友の死亡がかたちなしゆく

父の死を理解できない幼子が手をひかれおり柩につきて

葬式の裏方テキパキこなしつつ女はちゃんと泪ぐみおり

排泄の機器並びいるショールーム　老若男女　家畜人ヤプー

獣めく体臭強き男いて係長という肩書をもつ

三人の男がソファーで休みおり部長と課長と係長補佐

自転車の後ろと前に子供乗せ股に風入れ女が走る

「むかでっ！」と妻が叫べば火箸持ちわれは夜中に家内《やぬち》を走る

われ一人転寝《うたたね》をする日曜日鳴りいし電話はやがて止みたり

いま家に蓄えいくらあるのかとわれは尋ねるわがよき妻に

麻里の友《とも》二人来りて麻里おらずわれは茶を出し菓子などを出す

どの局もクリスマスソングばかりなるラジオを切りて車走らす

年の暮れ有名人の死をふりかえるテレビ画面を眺めつつ呑む

正月のこれが私の仕事です車の中に掃除機かける

一日に二千個余りのたこ焼きを売り尽くすとう話をきけり

たこ焼きで月に百万稼ぐとう男のことを妻が語れり

気短な男であると気づきたり気長な男をわれはよそおう

肩書のついた名刺を差し出して「我社《わが》・我社」とくりかえすわれ

鼻かみて又鼻かみて嚔しつつキャリアウーマンと商談続く

外れない面をとろうとするように猫はしきりに顔擦《こす》りいる

「会社より仕事に惚れろ」と言うを聞く惚れた腫れたでやれはしまへん

「人員整理かつてしたことありません」される立場が自慢げに言う

三菱重工見学をして午後三時テレホンカードもらって帰る

新しい信号できた交差点　無視して通る女三人

扉七つどれかあくのを待っているわれら静かに排泄のため

ハンドルに傘を立てたる自転車が花魁のごと人並みをゆく

底冷えの体育館のパイプ椅子卒業式は寒いものなり

卒業をしてゆく子らはひとりひとり体育館の外へ出てゆく

パイプ椅子たたんで重ね運ばれる用を終えたら小さくあらん

玄関の棚に置きいるシャチハタで客の用事のおおかたは済む

籤運はないとわかっているけれどくじひく前のときめき哀れ

一日に数本通る踏切に来るたび遮断機今日はそんな日

この人を信用してもいいのかと迷う様子でわれをうかがう

たまりたる新聞紐で括りおり過去はきっちり縛っておかねば

前方でしきりに旗を振る男呼んでいるのか止めているのか

一日のおわりにシャッター降ろしたり闇の一部が滲みてこぬよう

砂時計途中でひっくりかえしおり歳をとったら五分が待てぬ

隠蔽をするんじゃないかといわれてもこんな月夜じゃ何も隠せぬ

冷めるから早くどうぞと勧められ砂糖で甘いコーヒーを飲む

思春期のおでこに面皰吹くように土手のあちこち曼珠沙華でる

「要するに！」誰か話をまとめかけまとめきれずに酒宴に入る

目的を果たすためには一旦は後退をする車庫を出るとき

敵地にて匍匐前進する如しドアの下からチラシがひとつ

ダンボール天地無用の箱の中はしゃぎおりたり幼きものら

鳴り続くポケットベルを聞いており　この世で我を呼ぶ者がある

命乞う叫びのように泣くように工事現場の鉄を切る音

神はよく人が絶頂にある時に奈落に落とすいたずらをせり

残業でわが家のそばを通りたり近所と同じ灯《あか》りが点る

胡坐かき落花生を割りており父のものならむ喉仏ある

走りゆくトラックの上四つ足を必死に踏んばり豚らよりそう

留守の間に子猫捨てんと覗き込み子猫四匹にすり寄られたり

子の前で上司に媚びを売る男を小津安二郎の映画に見おり

シャンプーで頭を洗う　屈《かが》めるは運命を待つ如くに寂し

わが脳にホワリと身体ぶら下げてプラットホームの列に入りたり

電車にて携帯電話かけている男は頻りに頭下げおり

両側に厚き耳朶ぶらさげて聞く耳もたぬと嘯《うそぶ》く男

長々と苦情の電話うけながらアラビア数字書き続けたり

新しい車が届き娘《こ》ら乗せてわれはタバコを買いに出かける

海に来て幼らはしゃぎ妻とわれしばらく波の彼方ながめる

Ⅲ　小雪降る夜

渦を巻く透明ホースの中走る水見ていたり腹立ちしまま

極端に太く短いわれにする鏡が公園の入口にある

鶏《とり》小屋に鶏《にわとり》おらず豚小屋に豚いなくなり我が犬飼わる

鍵束が重くなりすぎポケットの形くずれしままを着ている

枯れた木が柿の実一つぶら下げる　かりそめなれど遺言のように

電動のシャッター軋み上がりゆき驟雨の朝へわれは出てゆく

何ゆえに今日一日をおどおどと過ごしていしか　サボテンの花

集団に紛れて生きているということの気安さ電車の吊り輪

工事場に旗振る人形一つ置き並んで同じ旗振る男

久しぶりに会いたる男の老《ふ》けたると気づかせるもの前歯の隙間

玄関にちらばる靴のそれぞれに足がおさまり夜を出で行く

走れないモハメ・ド・アリを見せながらジョージアの夜の黒人霊歌

お土産の大仏様の耳搔きはわれには重く使いにくくて

ムチ打ちの男が首をいたわりて　胴から先に振り返りたり

言葉一つ言い出せなくて会議終え　言わぬが花の鉢に水遣る

炎天に亀は甲羅を脱ぎたくて首を穴から突き出しており

信号に止められている霊柩車　死者も柩でしばらくを待つ

立っている女体の如き砂時計未来減りゆき過去たまりゆく

極論を好まぬわれが極論を吐きて今宵の精霊流し

ホームにて並んで電車待つわれら待ち草臥《くたび》れた男飛び込む

何となく指示器を右に出したから右折していくわれの車は

工事場の整理整頓やり終えて男己の置き場をさがす

大丈夫そっとしておれば咬みません　そっとしつづけ銀婚となる

右顧左眄《うこさべん》するたび首がこだわれる夕べ貼りたるサロンパス匂う

出過ぎたる男をしゃがませ写真撮る戦国村を背景として

身めぐりに時の流れを澱ませて老婆が渉る師走の道路

偉人とう人が次々逝きたまい凡人のわれ春を待ちおり

卓上の書類左右に押し退けて二段重ねの弁当ひらく

丑年のわがため牛の置物を抱えて父は黄泉平坂《よもつひらさか》

馬面と言われる男と商談す味噌っ歯みせて突如嘶《いなな》く

重役になりたて男のエヘン虫会議のまえに浅田飴どうぞ

四月バカ　退職したいと口にして男そのまま会社去りたり

冗談の中に本音を少しずつ混ぜて遣りしがカラタチの花

一物を腹に持つのか声ひそめ話す男の口臭強き

炊き立ての白いご飯に岩海苔をのせて漆の箸でほおばる

気弱なるわれさえ肩を怒らせて歩くことあり満月の夜は

清濁を混ぜたカクテル飲みすぎて総務部長は悪酔いをせり

ビーナスという名をかりて裸婦像を描き続けし中世の画家

口中でぼそぼそお悔やみつぶやきつつ後ずさりして引き下がりたり

社畜という言葉嫌いて出て来たる講演会場容赦なき雨

そこだけは漢字の並ぶ記入欄　明治大正昭和平成

狐目の母娘《おやこ》並びて歩み来るすれ違いざま秋空に　コン！

贅肉をそぎ落とさんとはげみおりムダ無き文化切なかりけり

リストラで奇人変人いなくなり美男と美女に秋の訪れ

贅肉をそぎ落としたる弥終《いやはて》の骨にからまる神経叢見ゆ

逝く人を見送る人の多ければ柩の中の孤独際立つ

アスファルトの道路は少し暖かし這い出してきて蛇は轢かれぬ

目覚ましを三年後にセットして桜《はな》の下にてひとねむりせん

定年で去りゆく人の功績を簡単に述べそして乾杯

靴の中消臭マットを忍ばせて企業秘密を運びゆきおり

無礼講無礼講とぞいいながら酒注ぎ回る礼儀正しく

贈賄が収賄となる夕間暮れ蛙の声のあな騒がしき

幾重にも安全装置が働いて燃えぬストーブだから安心

魚焼く臭い漏れ来る裏通り　表通りは企業倒産

結論の既に見えいる会議にてカマキリ男が異論となえる

根回しをしている会議進みゆき金属疲労の音たてる椅子

現世の元首と総理が握手して百済観音パリへ旅立つ

ヨタヨタとついて来たりしわが影が時折ヌッと立ち上がりたり

犬だって夢を見ることあるだろう小雪降る夜は夢に父追う

人間は義理を欠いたらあきません　生け簀でおこぜが呟いている

メンタイコ大根おろし朝鮮漬　刺激物喰うさびし夕食

人間は平等なりという言葉　蛍一つが川面漂う

洋梨は醜きままに内ごもる時がたまりて甘くなりたり

手の甲と掌の皮膚の違うのはたまゆら手のひら返すためなり

坂下る黄のパラソルについてゆくついに身のほど知らざる男

前世の記憶がフッと蘇る　西瓜の種を吹き飛ばす時

ワンテンポ遅れてしまった腹立ちは生ゴミとして袋に入れる

ししむらを苛め続けて追い出せる獅子身中の虫も夏バテ

ぶしつけにドアを開くれば振り向きて写楽の首絵があいや　しばらく

男オッと後退りして道あける蛇女来る炎天の下

Ⅳ　イエスの貌

半地下の喫茶店の窓に見る腰から下の行き交う様子

押すドアを一生懸命引いているそんな男の慎ましき恋

雲間より現れ降りてくるジャンボ　天下るものは厳かなりて

雷が近くに落ちたその日よりカリスマ的な父性をえたり

飼い主に嚙みつくときは犬だってそれはそれなり覚悟をして嚙む

プップッと電話途切れる夕まぐれ本当のことを言おうとすれば

引出しに隠していたる法螺貝を妻は持ち出しおりおりに吹く

口元を手にて覆いて笑いたり人を食いたる話の後に

さしくれる傘に半身入れて行くすなはちたつぷり濡れる半身

それぞれに黙して向かう食卓の要に座る湯沸かしポット

脱げ落ちし帽子かがんで拾いたりわれの斬首を拾うごとくに

テーブルを叩いて「吐け！」と言われても意地ある貝は口をひらかぬ

「テロ」という意思を表す方法もあると思いぬ会議ながびき

コピー機を出てきた熱き書類らは会議の机で冷めてゆきおり

末の娘が帰ってきたのと取り出したこの缶ビールに関係はない

「言葉などおぼえるんじゃなかった」と言ってみたって米寿じゃ遅い

今朝もまた戸口に動かずいる蛙こんな風にも生きてはいける

幼子のいなくなりたる里の道幼子跳びだす標識残す

月の出か没りゆく月かわからない絵画の前にしばらくを立つ

割り箸を二つに割って使うこと日本人なるわれらは知れり

脱水機出した水着はまだすこし湿っていたり内緒のように

切れぬ痰喉を絞って咳き込めり判定勝ちではすっきりしない

わが思いこめて小耳にいれたるを耳掻きもちて掻きいだしたり

高速のエレベーターに乗り遅れ地上に残して来たるプライド

地下牢が突然地上に浮き上がり死刑囚らのまどろめる午後

我が恥を知りたる人が逝きたまい罪の一つが赦さるること

鳥だって飛びゆく高さを心得てそれより空の深くに行かず

首筋にわれの血を吸う蚊がとまる少し吸わせば叩きやすかり

開け放つわが口中に両手入れ歯科衛生士　女頑張る

凝縮した時間を生きてきたような小柄な男の講演を聴く

細あいに落ちた消しゴム拾うとき顎がこだわり届かざりけり

育児とう煩わしさを嫌いたり夜毎出歩く若き母猫

人間が空を飛ぶにはあれだけの翼がいるんだパラグライダー

トラックの後をわれは走りおりそれより前はなんにも見えぬ

耐性菌繁殖してゆく病棟のＢＧＭはタンゴ・ピアソラ

雨音の中にかすかにわれを呼ぶ声にふりむく傘持たずきて

洗面所の鏡覗けば今さっきのぞきし男の顔と重なる

勾玉のようなナッツを袋より取り出して食う父の日の宵

遠くより寄せ来る波がわが手前四、五歩のところで引き返しゆく

猫柳一つ二つが芽吹きおり含み笑いをしているような

優しさが弱さと評価されていく一部始終を盗み聞きする

ジャングルにヌッと顔出すトラのごと妻が顔出す納屋の陰より

閲兵の行進のごと幼らが手をあげてゆく横断歩道

人よりも大きな身体があったから強くなれたとジャイアント馬場

人群に肩から上が突き出たる馬場は人より遠くをながめ

おおきなる身体活かして生きたると馬場正平は教科書にのる

初詣今年は遠くに行かないで近くの神に頼んですます

厚底の靴を履きたる母の手に幼の伸ばす手の届かざり

イエスの貌コンピューターで復元し新聞にのる　二〇〇一年

この辺がわれの席かと坐しおればもひとつ下だと囁かれたり

回転の扉に老人入りゆけば少年一人でてきたりけり

犇めける人群れのなか現れて力道山はガウンをなげる

チンピラに力道山が殺された　空手チョップを使わぬままに

唇や舌を嚙むこと多い日はあらぬ言葉も口走りたり

人ひとり殺して逃げる夢さめて誰殺したか思い出せない

ビル街を男二人で彷徨いて豚カツうまい「梅八」に着く

ストレスがたまれば爪が伸びるという爪を切りおり新聞広げ

パトカーが走れば犬が追い立てて吠えておりたり　走れパトカー

はっきりと返事はするなと含みおき下見に妻を送り出したり

哺乳瓶抱えてミルク飲むようにペットボトルの水のむ男

「直感が大切なんだ」　隣席の話にしばらく聞き耳たてる

尻尾振り駆け寄る犬を覗き込み真意を測る飼い主あわれ

エレベーター階を違えて降りた如手持ち無沙汰の休み半日

杉垣のひとつところの獣道犬行き猫行き母が行きおり

V　ホモ・サピエンス

ふらふらと勝手に揺れているものを眺めていたり自分の尻尾

ドナーカード書きかけた名を消しておりわれの臓器はわれが腐らす

水分れの道それぞれに下り行く冥府逃れし者ら疾《はや》けん

素麺を汁《つゆ》に浸して啜り込む鳴呼出汁《だし》の味少し薄かり

少しくらい雨が降ってもささぬなりわれ覆うには広すぎる傘

醬油の沁み込むおかき嚙みしめる近頃のわれ涙脆くて

万歩計もちて男は歩みだす一万歩だってまず一歩から

住宅ローンかかえてわれは歩みおり粗にして野だが卑ではなきよう

姨捨の山へ連れだち登るごと母の手をひきエスカレーター

問いかくる人に道順教えおり尊師が道を指差すごとく

カメラ付きインターホンに話しおり若いイケメン前に立たせて

椅子取りのゲームは続く夕間暮れ人が減ったら椅子も減らさる

電気椅子電圧低くて死にきれぬ男のその後を知る由もなし

浅はかな人間椅子は次々と女坐らせ腰痛めたり

「人類の進歩と調和」が嘘臭くわれ行かざりき〈大阪万博〉

適正な利益というは如何ほどか　明確ならず無印良品

それぞれに数値いだきて寄り添える株価、偏差値、嗚呼血糖値

愛情の深さを測るリトマス紙互いについばむポテトチップス

一人の死万人の死もかわらねど　万も死んだら誰が誰やら

鍵束にわからぬ鍵が一つあり捨てるわけにもゆかぬものなり

信号が替わりて人群れ押し寄せる少し寂しいパレードのごと

なさそうな段にて人は蹴躓く夏から秋へうつるひと段

誰も皆同じ方向に影を曳く　無頼なんぞはカッコよすぎる

ガランドウ内部曝して止まりいる夜の電車に恐竜がいる

看護婦が看護士となるたまゆらに医療改革終わりたるらし

クールビズ釦外して風入れるかぜが通れば崩れる組織

ずるずるとなめくじ一つ上り行く過去の思いを引きずりながら

遊園地の蒸気機関車走り出す　こきゃくまんぞく　顧客満足

ベビーブームあれは一体何だった　嗚呼観覧車廻り続ける

それぞれの階に女を一人ずつ降ろして昇るエレベーターが

見通しの悪い踏み切り突然の憎悪のように電車あらわる

ハンガーに掛けたる服はいかり肩「こういうふうに怒ってみよ！」と

迷いたるお化け屋敷で顔出したお化けに出口を尋ねおりたり

カメラ持つわれに向かって笑いおりそれぞれ顔の造りに合わせ

戦争に負けたる国に生まれおち企業戦士と呼ばれたりして

正月の休みにひとり見ていたりスパイ・ゾルゲのビデオを借りて

鉄棒の尻上がりのごと昇りゆく垂れ幕さげてバルーンが一つ

マンホール男が頭を突き出して見回しており世間の様子

鼻眼鏡上目遣いにこちら見てにんまり嗤うホモ・サピエンス

咳ひとつすれば風邪かと問いかくる母を疎しと思うことあり

年取った年を取ったとつぶやきつつ母の消えたるコスモス畑

蚊を叩く技も冴えたり八十を過ぎたる母に纏《まと》わるべからず

いつも見る少し斜めの電柱が気にかかりたり八月六日

ファットマン・リトルボーイの茶目っ気が日本の夏を狂わせにけり

議案書の右肩留めるホッチキス「カチン！」と響く八月九日

今日あたり地獄の釜の蓋があく花火を上げて父を迎えん

北鮮の応援団の少女らの内緒話を聞いてみたかり

台風の目の中に潜むテポドンにどの予報士も気づかぬふりす

本当は心優しい女《ひと》かとも北朝鮮のテレビアナ見ゆ

大空がくもりはじめて外灯を次々点す大き手のあり

採血で抜きたるわれの血液の検査済みたる後の行く末

色数を一つ二つと増やすほど品が落ちると青虫が言う

本心を見せるな出すなといわれ来てくさめとともに　菜の花の恋

あなたよりさきに電話を切らぬこと　狂い咲きたる桜を眺め

飼い主のわれ嚙むまでに追い込みておりたることに咬まれて気付く

トントトン指で机を叩く癖未生の記憶をたどりいる時

こんなときわれに魔法が使えたら回転寿司を左に回す

ボタン一つ掛け間違っていたことを家に戻って脱ぐとき気づく

弁当はいらぬと言うを忘れたり弁当抱え出勤をする

コピー紙で切りたる指をかばいつつコンプライアンス嗚呼恐るべし

ハイヒール脱いでころばしいる足をテーブルの下にぬすみ見ており

ステンレスの錆びぬ刃先の包丁は光ったままで切れなくなれり

夏風邪は熱が出ぬまま長引けりこのまま徐々に身を引くもよし

この雨で涼しくなると思いしが土砂降りとなり堤を破る

最終の電車らしきが走り去りあと四、五時間は獣が走る

前を行く消防自動車無音なり隣りの街の火事消し終えて

善悪に悩む鉄腕アトムより鉄人28号が好き

団塊のわが操縦で暴れおり鉄人28号昭和の生まれ

このごろはこうしたほうが楽だから正坐しており鍋囲むとき

カラカラと紙を引き出す音のみが響いていたり隣のトイレ

やんぬるかな古い写真の洟垂れをわれと見せらる祖母の法要

口車乗せられ買いし高い靴履き心地よく長持ちしおり

とりあえず卵子のもとへ競いいる精子の如しマラソンの群れ

老木の残りし枝に噴き出した若葉が匂うヘルニアの腰

世襲だっていいではないかちちのみの親父はいつも不機嫌だった

団塊の我等連れ立ち階段を上りし処にある非常口

階段は七、八段で折り返せ　そう先生に教えられたり

Ⅵ　祈るごとくに

ボールひとつ転がってきてそのままで突然春になっておりたり

白いバラ窓の向こうで咲きはじむ春のひなたの奇術のように

出てこない庭木の名前喉の奥引っ張り出せばカイズカイブキ

綿棒をそっと差し込み吸い出せりからだの奥の湿っぽいもの

責任を誰も取らずに消えてゆく廊下の端の鏡の中へ

のぼりゆくエレベーターにひとおらず天下る人を迎えに昇る

二、三日平安なればどことなく迫力欠けるニュースキャスター

エレベーター二台が同時に止まりたり昇り来し人下りきし人

老犬にいたわる言葉をかけながら母には同じ言葉かけえず

「ここまでが極楽ですよ！」というように母の前にて遮断機降りる

ＣＴのドームに母は入り行き　極楽浄土へワープしており

透明の袋破れずアップルパイ喰うをあきらめ母去って行く

遅咲きの桜を見せに連れ出した母としばらく陽だまりの中

すくすくと伸びておりたる筍もだいたい同じ高さで止まる

ボールペン芯を出し入れする音と貧乏ゆすりが止まらなくなり

退職をしたる者らの三文判は輪ゴムでしばり空き缶の中

腹立ちが閾値《いきち》を越えて人間の顔がとつぜんに壊れはじめる

三、四日ひげを剃らねばついついと顎さすりいるわれの指先

生垣の隙間にぬっと顔を出し何か言いおる母も老いたり

わが庭に迷い込みたる蛍あり母が一人で眠る縁先

こわごわと咥えて吸っていた頃に「新生」という名の煙草がありき

敗戦後最初に売られた煙草なり「ピース」も今は吸う場所がない

行きがけに通ったときに遊んでた天使はベンチに羽根忘れおり

パトカーがしばらくわれについてきて何思いしか追い越してゆく

シュレッダー日がな書類を切り刻む時折ひょいと振り向きながら

次々と引越し便がやってくる早く地球を脱出せねば

「主よ！主よ！」繰り返すバッハを聴きながらいつしかわれは白河夜船

掃除機が夢の残り香吸いてゆく高齢者用賃貸住宅

わが汚物素手で摑んでいただろう母の汚物に手袋はめる

ぴっちりの薄い手袋付けた手でぬめる汚物をむんずと摑む

汚れずに汚物掴める手袋をはがしてわれはじっと手を見る

ビニールの薄い手袋つけた手で掴む汚物の存在と無

「もう何も怖いものなどありゃせん」という顔をしていびきをかいて

気晴らしに誰でもいいから殺しおり　「これでいいのだ！」赤塚不二夫

街中《まちなか》をリュック背負いて人が行く買出しでもなし遠足でもない

過去未来それぞれに向き急ぎおりすれ違うとき電車は咆える

そういえば風呂に入っている人に湯加減なんぞ尋ねいたりし

空間をスーと切り裂き消えてゆくわが手を離れ紙飛行機が

「自動にて引き落とすことも出来ますが!」他人《ひと》の金だとた易く言うよ

ダンボールの箱を燃やせばしばらくをじっと耐えしが急に崩れる

正直に謝りなさいと諭されてじっと耐えいて夢から覚める

少年のわが作品をアンニュイと評せしひともボケてしまいぬ

取り敢えず何か歌えと言われたり春日八郎「山の吊り橋」

テレビから突き出してきた手のひらに六文銭をのせてやりたり

ストレスで痩せる者おり太るわれエディット・ピアフの投げやりな歌

ややあと手を振りながら親しげに声かけ来るは今朝逝きし友

老衰で息絶えた犬ぞろぞろと蚤が這い出て去ってゆきおり

生前はやさしい顔と思いしが死に顔見れば狼の貌

もうすこし生きると思って買い足した犬用おしめも残して逝きし

口中でぼそぼそ言うなと迫りおりはっきり言えば怒るくせして

丸ごとの西瓜を切って食うこともないまま今年も夏のすぎゆく

そんな風にゆっくり動けば痕跡も残せるものさとナメクジに言う

透明の子供が座っているのかもベンチの前に長靴がある

いましがた出て行きましたと電話にて妻が言いおりわれは出てゆく

ブレーキを踏むタイミングが違うんだ三十二年一緒にいても

幼子に手折られふうっと吹かれるを待っておりたりタンポポの綿

主人公は死なないものと油断して読んでおったらあっさりと死ぬ

階段は一段一段降りるもの諭すごとくに母降りてくる

老人車押しゆく母はずるずると長い廊下を引きずってゆく

生誕二百年ショパンと同じ年齢の人生きており日本の戸籍

結んでもまたゆるみいる靴の紐民主主義ではほどけてしまう

小娘の歌よと思い聞きおりて哀れ聴き入る「トイレの神様」

太陽の昇るとともに現れて沈むとともに消える大樫

触れないと開かぬ扉に立ちおれば一本の手が伸びてきて触れ

接着剤つけてしばらく押さえおり幸せひとつ祈るごとくに

戦争に翻弄されて生きた母　姉と吾とは父が異なる

われの事わかっているのかいないのか母と話せり小半時ほど

ああ母は皆既月食ながめおり九十六年生きぬいて今

覚めかけて繋ぎつなぎし夢の中電話の音が割り込んでくる

峠道母のもとへと急ぎおり湧き上がりくる霧の中へと

この母が生きているのかいないのか確かめるため心電図見る

手を握りあらためて知る母の手が死ねばこんなに冷たくなると

霜月未明われ来る前に一人にてこの世去ったと思えば悔し

九十六年生きたんだからいいだろう冷たい額を撫でてやりたり

死に化粧してもらいたる母の顔　もうこの顔は母では非ず

着ぬままの大島紬を着せてやる亡父《ちち》の待ちいるバージンロード

一杯で止めるつもりで飲み始め制御不能となりてゆきおり

あとがき

「ツゴイネルワイゼン」「グラフィティイ」「身中の虫」「力道山が死んだ」「企業戦士と呼ばれたりして」「ビニールの薄い手袋」と歌集を編んできたが、一度整理をしたいと考えていた折に飯塚書店様から「現代短歌ホメロス叢書」へのお誘いをいただいた。再度これらの作品を読み返して、初期からあまり作風が変わっていないと改めて感じた。そしてまた母に関する作品が多いことにも気付いた。私はマザコンだろうから母の歌が多いとは以前から感じていたが、やはりそうであった。昨年十一月に母が亡くなった。母が生きているうちの作品を今回整理でき、区切りをつけるのに良い機会であったかもしれない。

帯の作品は、師匠である由良琢郎先生に選んでいただいた。先生は、自分の好みで選んだから私に再度検討するようにとおっしゃたが、作品はそのままでいいと思っている。

キャッチコピーは、高校時代から短歌を共に作ってきている大畠笙治氏にお願いした。それも原文のままに使わせてもらった。しかし私は啄木のように借金をしてはいないし、自我もあそこまでは強くないと思っている。

歌集名の「制御不能となりてゆきおり」は、年齢を重ねればその逆になるように思っていたのだが、私自身が年齢を重ねるほど制御不能となってきているように感じているので、あえて歌集名にした。気が短くなり、酒量も増えている。物事に没頭しすぎ、他人事にも干渉しすぎるようになった。

しかし、これは私だけではないかもしれない。社会も政治も経済も科学、特に人工頭脳や遺伝子工学や農林業や自然破壊も……。人類そのものが制御不能な領域に踏み込み始めているようだ。そんな思いもあっての歌集名である。私にとって歌を続けることは自分自身を制御する方法なのかもしれない。

お誘いくださった飯塚書店社長飯塚行男様ありがとうございました。

ともに歌を作っている歌友の方々に感謝いたします。

竹村公作

竹村　公作（たけむら　こうさく）

一九四九年　兵庫県生まれ
高校在学中より、作歌をはじめる。
合同歌集『マキシミュレーション』
歌集出版
『ツゴイネルワイゼン』
『グラフィティ』
『身中の虫』
『力道山が死んだ』
『企業戦士と呼ばれたりして』
『ビニールの薄い手袋』
現在　建築設計事務所自営

現代短歌ホメロス叢書
歌集『制御不能となりてゆきおり』

平成二十八年八月二十日　第一刷発行

著　者　竹村 公作
発行者　飯塚 行男
発行所　株式会社 飯塚書店
http://izbooks.co.jp
〒一一二-〇〇〇二
東京都文京区小石川五-十六-四
☎ 〇三（三八一五）三八〇五
FAX 〇三（三八一五）三八一〇
印刷・製本　株式会社 恵友社

ISBN978-4-7522-1208-9